山水宴

SHANSHUI YAN

孤城 著

这逝若汹涌的过往
我需要泪眼模糊，才能将你看清

内蒙古人民出版社

图书在版编目（CIP）数据

山水宴/孤城著. —呼和浩特：内蒙古人民出版社，
2023.9（2023.11 重印）

ISBN 978-7-204-17679-3

Ⅰ．①山… Ⅱ．①孤… Ⅲ．①诗集-中国-当代

Ⅳ．①I227

中国国家版本馆 CIP 数据核字（2023）第 130247 号

- 欣赏诗电影
- 写下读诗感悟
- 参与朗诵大会
- 一起品诗写诗

"美丽中国"书系品牌主理人：杨碧薇

山水宴

作　　者	孤　城
策划编辑	王　静　董丽娟
责任编辑	董丽娟
封面设计	格恩陶丽
出版发行	内蒙古人民出版社
地　　址	呼和浩特市新城区中山东路 8 号波士名人国际 B 座 5 层
网　　址	http：//www.impph.cn
印　　刷	内蒙古爱信达教育印务有限责任公司
开　　本	889mm×1194mm　1/32
印　　张	7.5
字　　数	260 千
版　　次	2023 年 9 月第 1 版
印　　次	2023 年 11 月第 2 次印刷
书　　号	ISBN 978-7-204-17679-3
定　　价	24.00 元

目录

一个人的山水盛宴

杨碧薇

孤城的名字总让我联想起王之涣的《凉州词》："黄河远上白云间，一片孤城万仞山。"依我的想象，《凉州词》里的"孤城"一定比《双旗镇刀客》中的大漠小镇更加慷慨苍凉。选择了这个笔名的孤城，内心也必定透迤着难以纾解的苍茫。苍茫无处可去，只好在孤寂的自我城堡中游走，于是，才有了一意孤行的东西南北，有了一个人的山水盛宴。

当我翻开孤城的诗集《山水宴》，那份不知该往何处去的苍茫便显影在眼前。首先打动我的是《旁观者》。"这逝若汹涌的过往/我需要泪眼模糊，才能将你看清"，只这两句，我便想到酒后的孤城。孤城好酒，但每次酒后，他的眼睛并不会变混浊，反而更清亮。酒是一种神奇的力量，既能发酵人的情绪，又能净化人的情感。在孤城身上，我不止一次看到这种力量："后来/酒有了清冽的锋刃"（《从城河楼到阿瓦山寨》），"买得酒壶当花瓶/案头尝有独乐寺"（《风铃酒馆》），"散淡人在江南小镇的驿站，一夜病酒"（《李坑》）……言至此，我又绕回那个古老的话题：诗人与酒。在很多人看来，诗人与酒有着不可分割的关系，实际上，不饮酒的诗人也为数不少。不过，饮酒的诗人会把酒写进诗里，赋予酒一份文字的荣耀，久而久之，酒便与诗人紧紧地绑在一起，再也分不开了。

孤城恰恰是会饮酒、也爱饮酒的那一类诗人。对他来说，酒是诗歌的同构物，是诗的物质性分身，是诗在世间能显现的那部分。很难厘清是酒催生了诗，还是诗定义了酒，诗、酒之于孤城，就是一个事物的两面。"三千杯盏，置换冷暖有无"（《李坑》），如果说，酒早已是孤城生命的一部分，那么，在他的诗里，酒还是底色，是基调，甚至具有某种原型功能，构成他最基本的、也是最突出的文学品格。

酒能检验人的情感。孤城是一个重情的人，这在他的诗里有迹可循。他有一首《互为翅膀》，写得十分雅致：

> 留一首诗不写，只存放在心底
> 这是紫薇，这是海棠，这是合欢……
>
> 停一杯酒不喝，细听蛐蛐儿用小牙齿
> 沾月光
> 将别后的秋夜，磨得日渐凉薄

全诗只有短短五行，却雕琢出一个幽微纵深的情感世界。在这个"互为翅膀"的世界里，两位主人公没有直接出场，甚至都没有属于他们的人称代词，但他们之间分明存在着一种相互依托、相互支持的关系。相思或思念是古人反复书写的主题，古典汉诗中不乏以酒为道具来写相思或思念的。苏轼的名篇《水调歌头·明月几时有》即为典型，李清照也有"东篱把酒黄昏后，有暗香盈袖"（《醉花阴·薄雾浓云愁永昼》），柳永则有"今宵酒醒何处？杨柳岸，晓风残月"（《雨霖铃·寒蝉凄切》），范仲淹亦有"酒入愁肠，化作相思泪"（《苏幕遮·碧云天》）……在如此强大的诗歌传统下，新诗写相思或思念，就必须提供与古典汉诗不一样的东西。《互为翅膀》也出现了酒，与前述例子不同的是，这首诗里的酒起到了双重效果，它作为一个道具，既是在场的，又是不在场的，因为诗人明确说到了"停一杯酒不喝"。道具被悬置起来，另外的情境才得以创设——"细听蛐蛐儿用小牙齿/沾月光/将别后的秋夜，磨得日渐凉薄"，写得漂亮，收得稳当。悬置的酒，用旁观的方式，成为相思在场的见证：越是停酒不喝，越能听到内心的声音；越是"日渐凉薄"，相思就越浓墨重彩。

《互为翅膀》还体现了孤城诗歌的一大优点：擅长造句。孤城诗歌的诗意多从情境中来；情境的复现，通常需要句子来创设。《冰瀑》就写得很特别，"久等春风来松绑的冰瀑/被向下的力逼得/惨白"。诗人没有直接描摹冰瀑的外观，而是造出一个虚境，强调冰瀑、春风与向下的力之间的关系；诗尾则将冰瀑与人生境遇联系起来，"锐利/像倒挂在钩上，被洗净的/此生"，景物被人格化，让读者产生代入感。此外，《春天，皖南一带》里亦有佳句："春风一路捻亮桃花的灯笼。"同样的佳句，亦见于《胭脂井》，"牵挂一个人，她那么陡滑"；见于《寻访绿翠潭》，"好潭水隐居深山密林/好潭水决绝/——不留活路"；等等。从结构上来说，这一类诗比较出色的是《小阁楼》。如题所示，"小"是此诗的第一审美属性，诗人在开篇就抛出了四个关于"小"的词，"小心，小步，小声，小坏"。"四小"指向的，是"小阁楼里瞬间乍现的小温暖"。在"小"的层层包围与推进中，诗人的总结是"亮瓦照见尘埃，也照见身边喜欢的人"。其实，"小"也是孤城这本诗集的一个美学特质。与"一片孤城万仞山"的磅礴雄浑相反，孤城在这本诗集里，更偏爱从小处入手，用细致的笔法描绘个人体验。哪怕是在北方，他看到的也是"竹影向木雕窗低低递过去的/是跟进的深院空落/清风拂过，盐粒在叶片、册页、眼眸里/闪烁微光"（《临洮寨》），感受到的也是"细针脚的叮嘱，红窗花的愁"（《走西口》）。

"小"，意味着情绪的分解、诗意的细化，其背后是细腻的情感与敏锐的感受力。酒，或者说酒一样的文学品格，强化了孤城对自身、他者和世界的情感体验。一边是"小"的不懈堆积，一边是"酒"的持续发酵，孤城最终在诗里建立起一个独特的自我：既苍阔又柔婉；既微凉又温暖；既隐藏着创伤，又外露着"酒的酣畅"。或许，我还可以进一步猜想：对孤城而言，酒不只是一种陪伴，还是一种修复，更是诗与人生的黏合剂。与酒为伴，他能走遍万水千山，能独自消化内心的隐痛，并将修复后的自我以诗的形式重新展示出来，继续咬紧牙关生活，继续默默忍耐，继续保持盼望，不负这席山水的盛宴。

2023-4-18 北京

辑一　旁观者

PANGGUANZHE

铁匠铺

山水已有形
风物仍在碰撞。茶马古道
纳西族妇人背驮幼子，身后紧跟
另外
三块嫩铁。怯怯的

面呈酡红，内心尚未溅落锤声
人世如淬
光阴的手艺
尚未找到适合的铁砧

2015 年

那些草们

谁在风中　身腰一弯再弯
把泥土当作约定的方向

最后一拨雨水　踩过来也踩过去
草的肩头开始接近一个人内心的
空灵　仅剩下一簇零乱的月光
没有霜重　且比雪轻
刚好能系住浮动的村落　辽阔的寂静

如果有一天　草们枯死了
那也没什么——
生命过于沉重　在两个春天之间
允许换一次肩

2003 年

旁观者

时光从牙缝里
剔出骨架

我一朵一朵饮过凋敝的春天
如你所见
那走失在灰烬里的，被灰烬永久吞噬

我且活着。只是活着
如你所见
一日日，长风无从拆走我内心的庙宇

这逝若汹涌的过往
我需要泪眼模糊，才能将你看清

2010 年

冰 瀑

水流许是一层一层被冻僵的

这些掉队的激情

被剥夺了流速和水声

悬而未决

足可使人

在水上，刻下留言或名字

久等春风来松绑的冰瀑

被向下的力逼得

惨白

锐利

像倒挂在钩上，被洗净的

此生

2021 年

小阁楼

小心，小步，小声，小坏
没人知道，小阁楼里瞬间乍现的小温暖

细雨煲着三两声新燕的小调情
小阁楼，遗落水袖年代散淡霉味的悱恻

旧器具。雕花木格窗外
西河静静流淌，在暮色浓处，拐入一声唏嘘

光线微暗，刚好适宜一阕
怀旧词
亮瓦照见尘埃，也照见身边喜欢的人

2012 年

养鱼经

一条鱼孤单

两条鱼乏味

三条鱼
刚好
救活一缸清水

2013 年

剩下来的时光，我打算这样度过

找一个有山有水的地方

悄悄住下来。房子不要大，门前屋后一定要有花园

见过面的，就不再见面了。没见过面的

就不见面了

清晨，安静地与随意一片嫩叶交换

对尘世的态度

栽三两竿瘦竹，适时帮我搀扶一下

宣纸上歪斜的羊毫

每天种几粒文字，与晨光中的尘埃

相匀称

紫砂壶。卧藤椅，就着薄雾与天籁之音打瞌睡

书脊砸疼脚背

牵旧伤

怀想一次，就将那竿洞箫默默

擦拭一遍

让连绵苍山教我，一遍一遍在心底默念：

渺小的小

卑微的微

与迎面下山的蚂蚁唠嗑

称兄道弟

累了，就近找一片树荫小坐

看筛了一地的阳光，回忆清贫稿纸上走过的个人史

一脸淡泊

——我挣扎过。现在不了。

赶上下雪天，就一个人出门

不走远

就在那一枝梅花能照看到的地方，发一会儿呆

向晚的湖边

一轮明月安详，若你恰好看见，那是七十亿分之一的

孤城

与八百里弓背的波浪一起，练习恢复平静与

归隐

2009 年

春天，皖南一带

故乡一身湿漉，被草编的阳光
从雪地深处一再认领。

新绿，正一寸寸从草根向上攀
坡上的羊群，等待被滋润。

月光，笃定被静的雪悄然转租。
水聚拢的，新垦土捧出的
蛙鸣，一盏盏点亮乡村。
谁喊着号子，试图搬运什么。

春天。皖南一带。
春风一路捻亮桃花的灯笼

2003 年

供　词

一江出鞘——冷光——伸向地平线
有时
干脆架到落日的脖子上

我们半零落

2014 年

寻访绿翠潭

好潭水隐居深山密林

好潭水决绝

——不留活路

执意找到绿翠潭的人

除了爱上无用之用

还有去放生的

去深潭，照一照蒙尘的脸

一辈子。一块投石，喂短暂的涟漪

好潭水深谙

修正术

2018 年

草木人间

秋凉。晨光与暮色交替，洗换

一滴露水里的村庄

木叶翻动，动作无疑娴熟。万物倏忽

皆有葱茏的味觉。

于无形，于虚旷，食客归隐。

呐喊。一个人的海啸。卑微到

可以忽略

一切居于别处，光阴再三按捺

替灰烬

暂管真身

2005 年

雪盛满桃花的杯盏

雪　盛满桃花的杯盏

我还知道　四月注定捧不稳

这般昂贵的玉和瓷

阳光似乎也知道一些

所以我们都不动声色地营救

各自心中的恋人

把雪还给水

把水抵押给春天

剩下空空的桃花　就随我一起碎

（阳光碎不碎　那是他的事情）

松开体内　攥出汗来的声音

也不问爱花的人　听不听得见

2003 年

冰

水的骨头　冬天的

骨头　抑或感觉的骨头

一夜梦被你离去的脚步惊醒之后

失去支撑　凝我成冰

成了谁的骨头

聆听岁月的利斧声

伐向身体的深处

2003 年

叙 述

我院子里来过黄鼠狼、灰鸽子、黑蝙蝠

还有许多知名不知名的鸟雀

黄鼠狼与我对视了几秒钟，就迈着小碎步消失了

没有再遇见

——这吻合人生中诗意的缺憾

灰鸽子来过三两次

可我不能确定后来看到的，与第一次邂逅的

是不是同一只灰鸽子

天光宁静，在睡莲圆而小的叶子周围

时而被四五尾红金鱼搅碎

黑蝙蝠在一个欲雨黄昏闯进我的视野

也只是来过那么一次

我猜测它在飘摇无际的天空中，会不会飞着飞着

就睡着了

此外。天色微亮，鸟鸣就沸成一锅粥

日暮巢湖，月光从尘嚣里剔出何其浩渺的寂静

你在南方

知我内心十万里荒草葬送的短栈长亭

2013 年

绝　望

春天在窗外喊哑多少回嗓子了？

那把木椅

再没能回到山林——回到一棵树

骚动的身子里

探出那些绿茸茸的，兴奋的

小耳朵

寂静

静到在枯守的深夜，越来越能听懂

一把日渐疏松的椅子

发出的

闷吼

夜色无语苍凉，更迭如流

2008 年

蝴蝶谷

有一些景致，需得柴刀开道
才可以相遇
循杯沿的喧嚣，容易撞见内心的空寂

这人世鹅卵石上站不住的光阴
统统随溪流逝去
人在这样湿滑、幽僻的所在行走
像一个错别字

草果茂密，红着心思，默许瀑布怀远
五线溪流空白
让我怀疑满山谷万千蝴蝶，都是
乔装私奔的音符

2018 年

小恋曲

舌头疯狂捕捉。

暴雨中：两束火把，抱着倔强的悲伤

那么危险

那么相爱

2008 年

灵　感

老妇跟镜子里的自己说话，不断招手
"姑娘，出来吧！
姑娘，出来吧！……"

——她是一个阿尔茨海默病人
或者
一个渐入佳境的诗人

2015 年

花蕾一层层打开春天

花蕾一层层打开春天，谁在恩典。
泥土里越冬的万物，谁最先冲开穴位。
生活剩下的，那些钝化的部位。

蜜蜂陷入花粉，被一滴蜜从清晨带入黄昏。
云朵，一天天区分开头顶的风筝以及蓝……
阳光染上草汁味。
飞莺止不住喊出：大地上那么多羊羔
——碎雪的白，散落——被青草一阵风擦没了

天空空空。众神已扮成民间的布衣，逢单
赶集幽会，双日荷犁下田……
放任鼻子这偷运花粉的码头，停靠
随意一小茎春色。
绿卡揣在凡人的内心，通过时光。

花蕾一层层打开春天，谁在恩典。

一朵没有被形容词破坏过的细蕾，在稿纸上，

直接把我喊成—— 一个唐朝剩下的诗人。

2004 年

一只乌鸦

一团雪，再也不想白活在其他雪们中间
一团雪
一个窟窿，要黑给这个世界看

一团雪
不惜孤绝，狠命将自己从白雪中
抠出来

一团雪愣是按照自己的想法
飞起来

一团雪，一只茫茫雪野里的乌鸦
在用自己针尖大的一块黑
擦一望无垠的
白

2008 年

西河书

青草小河洲，暗云低远天。古镇的秘密
被按在草根的下面
在楼台，安静坐一会儿，像幽思者暗怀天下
终归是要起身离去的

感谢西河——以白鹭衔名相迎，长风作揖
给我们半日世外相守的光阴

见不得瓦舍凋敝。见不得心尖在刀口滚过的人
天色灰蒙
芳草送到渡口止步，流水长逝

楼阁低暗，小轩窗。你坐在那，静若一粒尘埃
让周遭
蒙上略显潮湿的怅惘。一时间，那过往，那苍茫

2012 年

吻　火

暖暖的，幽处亮一盏温软的灯。剔除虚构的美
几乎可以相信
那里面，有你想要的一切

你站在外面。徘徊的时间一定不会短
风呜呜的，左右说不清，一桩无法绕开的心事
一个人站在暗处
站在春天的门槛外
嘴唇冰凉
你说：一朵昙花从黑夜凝默的深处
浮出来
一具小尸体。她的伤口

收藏在光芒未能到达的地方
她的命，需要闭上眼睛，用两瓣火焰才能焐回来

2007 年

照　见

渐行渐远渐渐空旷而孤绝

荒原近天幕

寒星起四野

初时浩荡的生灵，被水井、炊烟，被开满杂花的隐秘小径，被莫名

各分走一些

一些与自己妥协，下落不明——

其实不知

两只执拗的狮子，在寂寞路上历险、长啸

是泄露了

——供养在魂魄里的唱诗班，林海般的恢宏

路漫漫。扭曲

——一根被风吹凉的枪管制造的声音，走失

报废的岁月

交叉路口

一只狮子从另一只狮子眼里

照见自己孑然的影子

尘埃渐淡，两只狮子踩着露珠里寂静的光亮兀自前行

2009 年

行廊塔

六面七级的岁月风雨，从塔檐的风铃里
抠出山居的空寂

砖木庇佑的佛僧，从木鱼里减出来的铁锈与苍苔
叫人肃然
四周，烟紫色的梧桐花开满山峦

诓我走进雨后树荫的人，其实
有不可手摇的苦修

似我彼时频频回顾，在塔影人群里寻觅
内心有
不可变通的本能，与缱绻

2012 年

古　镇

去时，将雨未雨。你似醒非醒——有恍若遗世般
凄迷之美

两厢瓦舍低矮，捻孤零零的一条街巷
青石支离
是不堪烟云之重，惜别一再碾过的样子

脚印叠加脚印，一如雪下在雪上——
了无痕迹

朽木板上贴着旧时期的佳丽
迈门槛，下意识，撩一下虚无的长衫

一座破败的楼阁民居，一个微缩的流光古镇
木楼梯在暗影里
空悬
踩或不踩，都能感受到老光阴辗转反侧的宽宥

2012 年

空房子

听雷——用耳朵在天空搭一座

声音的房子。收藏游离草木人间，那些存在的虚无 ……

一个人的幻觉

一个人的宅址

垂雨帘，铺云被，一下一下擦受潮的闪电

试图点亮不存在的暮年——

草根底下居住，省掉皮肉的麻烦，内心的负累

骨白如雪。

没人怀疑我的纯真

没人在意灰烬状的孤独，多么干净

彼时空荡

雷声再怎么坍塌，也砸不坏

冰凉的睡眠

听雷，用耳朵在天空搭一座声音的房子。

一根独木支撑的吊脚楼。

天空一般空。一根走动的独木，陷在时光留下的旋涡里

扶不稳余生。

所能支撑的空间，也仅仅等于腾出

卑微的身体

2006 年

读春天

阳光一天天指出雪的肤浅

青稞向高处的山坡站了站

看羊群溜出村庄

想起去年的那些吻

甜蜜的伤害，让新生得以成立

风，翻了一个冬天

也没有读懂读透的阡陌

被咩咩地打开了

羊读懂了，从第一根嫩草开始

庄稼一节一节拔高春天的含义

读懂农民的一生

蜜蜂读懂了鲜花

冰读懂了温暖

大海读懂了

一颗心在春天喊出的幸福

劫持一头耕牛

打开泥土深处的收藏

读懂春天，许多事就显得

刻不容缓

2004 年

我家田棚

毛竹、茅草结伴以一豆灯光信守的

呵护

在苍茫里，煲心脏的跳动

杯子里的酒不急

人不急

蝴蝶谷成千上万的蝴蝶

有的是时间

把曾经春红当成揉皱的心情

熨平

风灯暖光慢慢亮

微微发烫

稻茬上挂着熟香

虫鸣四溅，都是哈尼腔调的寂静

棚外群山相对出——白云洗出的

笔架

恰好适宜放下余生

这支闲笔

2018 年

陷

暮山空阔，陷于沉寂。串串鸟鸣如佩环清越
陷于堆香叠绿的褶皱。
陷身人海的人，陷于内心的悱恻
浅于逝者。
摘一束野花，陪坐碑阶。回旋往返之间
约定了红尘的宿命。
暂且看不出叶子们的沉沦。墙垛坍塌
时光帮我们
拖垮内心的激情与幻想。
那些冲动对应的人和事，早已抵消如隔世的梦幻
虚无主义者的信仰。
肉体驿站。生活掏空着
身体里的诗性
仿佛陷于偌大的尘世，只剩下一个人的呼喊

2006 年

秋

一万朵野菊花松开拳头，秋风在草叶的
遮掩下，翻过山冈就不见了。陌生在远方
虚设尘缘。我们收敛体温却无法
连同肌肤里的水分也一并
软禁。一只小蚂蚁衰老在路上不被察觉。又一只。

一些存在着，下落不明
永安河赶在结冰前，最后清点高远而去的雁阵
让鱼虾们安全藏好不被伤害
堤埂上，翻晒雪里蕻的孕妇一再扶直腰身
手搭凉棚
阳光跟上一个人的脊背，惦记冷暖
皖南一带，灰笼屋里的草灰和积粪
照例开始被——清空
田野空旷，秸秆与烟火在远处纠缠不清
四爷走在回村的田埂上，一边敷衍着借火的村长
一边扳着手指咕咕哝哝算着什么

就像我在秋天，须得绕开大量的词汇还有落叶

尽量做到内心的表述不被别人漠视

2003 年

白云古道

西庐寺有飞檐虚指
有暗影抛下
——一根细长且陈旧的软梯

世间云集无以言尽的指向。这条
磕破光阴的
青石小径，沉向谷底
以为沉入愧疚
群山，肃立如训导
山果
浸出寒秋的朱痧

晨光暮色不伐钟鸣。万物
皆遗物
阒寂——这栽在白云丛里的老路
走我们
深埋胸腔，一脚踏空的江河

2020 年

夜行记

四野寂静，摁住喧嚣。三步之外
夜色删改尘世的轮廓。一个人，在内心走得踉跄
不露声色。
雨群瞬间堕落，没抑制住的那部分
哗一声，放弃了虚妄的崇高
沤在身体里的
死角，被折花的落瓣覆盖。不被预示
走场或决赛。在间隙，那么漫长，那么短暂
一辈子一转眼

2006 年

乳 名

园子空了，给冗长岁月腾出地方——

荒凉

草丛里的碎瓦片

这些被月光与露水踩坏了身子的随从

失散了旧日繁华

委身寂寥与

落寞尘埃

只离开时，杂木的老院门随手冷不丁的

一次失声惊叫

让我的心

猛一揪

戳在寒怆阳光下，像一个

被认出来的罪人

2008 年

梦归江南

莺飞草长的江南

在书架里温柔地啁啾

一夜乡愁的梦

便淋湿在阴绿的雨中

采莲的曲子搁浅在日记里

岁月的枝头

日记枯黄枯黄了很久

采莲的曲子却一直嫩绿得

像一池春水

一缕柳烟……

家书厚如雨夜

夹着我心形的书签

书签是乡愁发出的一叶

绿芽　疯长归梦

1992 年

望　乡

是否　你在月光下消瘦

病卧成一截寒柳

昂贵的家书也敷不愈

渐入膏肓的乡愁

雪地驿站

无眠的萧咽幽邃

岁月的沧桑　抹不去

难圆的归梦

望乡的心

踮成孤山的长亭

天地茫茫

千堆雪　能埋几度思念

一寸心　锁尽万种风情

1992 年

杜鹃初开时

无疑，我的抵达和这三两枝杜鹃花的花期是一致的
便似一个人的心痛，暗合卑微的呼吸

将这绵延起伏的群山，统统染红一遍
需要多少亩杜鹃。将这尘世的苦一一尝过，需要多少年

我会离开。花自谢。
不能阻止挚爱的，在我看不见的地方，慢慢老去

2007 年

文印庵

经不得几场伶仃秋雨，绣溪的水，就彻底
凉了
落叶潮湿
好像我们身体里都托举着一只乞丐的破碗
飞檐所指
昨夜，那么多星宿，挤在一起
承受疏离

弯草叶，担露水。赶着一团一团浓雾，路过文印庵
我以为我看见了
其实没有
那缭绕，那悠扬，那袍袖间不可测的空阔与玄机

2007 年

给一只小鹿

你跳来跳去，把空气当作掩体

你被拘禁

几乎了无勒痕

我来看你，不过是想模仿和自己安静地待在一起

世道诓人

好像也没什么好去处

透过你粉嫩的茸角

我看出锯子的形状，还有血。疼痛的泪光。然后才是

点点梅花删出来的凄美

2007 年

哑 巴

一种掩埋

坚持不挖

不挖耳朵内的自己

嘴巴里的自己

自己中的自己

对语言的彻底伤害

时间上面

长出荒草来

不挖比挖

省力

胜过

从身体里救出鬼来

2003 年

暮 晚

乌云扎成一堆，沿斜坡挪动，憋着一场雨，
在等什么呢。背山芋藤的
孕妇已经走远。
那些时候，那些事，隐忍着多少回不去的喟叹。

如果，骨节潮湿、疏松。如果我已拿不动，
那把旧式木椅。而语速，
刚好与你迟慢的思维，齿轮般吻合。
莲花在内心盛开。一粒橘阳，
肯定在它该在的位置，
独自归去。
那么多亮线，带着声响，就等我们松开最后那根
绷紧的弦。
一切干净，仿佛没来。

2005 年

辑二　互为翅膀

省　略

省略前世。省略草木人间

那些过往于内心的旧日苦楚，省略缠绕的

人事庸常——

那些日子，泅溺了多少暗伤与眼泪？

笃定那夜凄凉，有人独自出走，举目苍茫——

找不到一隅栖身的所在。

有人清醒，暂时停下嗜赌人生。

他有不可饶恕的惯性。

有人彼时虚度，怀揣不遇，毫不知情。

补不上心疼，补不上

手心的春天。其余枉然。

一切无从预见，一切来得太快。省略闪电，

省略犹豫的空间……

一切都省略，好像没发生。世事继续

摆眼前，貌似妥帖。看不出——

瓷性的裂痕

2005 年

幻象太湖山

石阶微寒。一层单薄的苍凉贴着感觉

弥漫

两个沉溺的人，散落山林。互相挖，犹如自救

犹如两截犹疑的橡子

那么渺小

试图枉住沙漏的光阴。

心坊。幽闭的海洋之底。苍翠高深，无可厚非

内心的忐忑无可厚非

依稀佛音度往生，两个沉溺的人

一旦抽身

这耸峙于山路两旁，立起来的碧浪

会不会哗然缴械

哗然弥合——瞬间

抱成一体

恣意互诉了内心的隐忍与神往

.

2007 年

过昭关

岁月唇边敛千年的冷笑，拈无影刀

继续严加盘查

风折返

耐心吹又一茬过客。抬眼望，早已无险可守

城楼上

一朵依盼盈盈的浅笑—— 一道过不去的天堑

未设一卒一兵

决计要将我的白发一根一根地

搜出来

2007 年

在和平寺晒太阳

台阶上，钟声与缭绕紫烟

各自飘散，

各自有不事表述的孤行。

像门环拴不住刹那和永恒之闪念，在内心

踏空的光瀑。

那一刻，阳光在和平寺。

只是因为那一刻，驻足者不在别处。

炉香在半空临写草树，

飞檐在红墙上拓幻影。

阳光落下，几乎临时遮蔽

沁入肺腑的过往。

慵懒的人，目光渐渐漫漶又渐渐透出

世外的光泽。

阳光晒在身上，隐约滴露清响，追上木鱼。

2021 年

冷空气下降

暮色低垂，我未及说出苍凉
那些蒿草们已一再倒向坡地以南，偏东的方向
风从背后凌乱头发与衣衫，推动身体的
其实，只是一场虚空
村庄和土堆被抬高，微不足道。
它们还会在春天丛生的植物里大面积陷落
乌鸦去向不明
暂时不理会人世间延续的关联。炊烟升起
一些地方，冻土必然被扒开，必然掩上
冷空气下降，此去不远——
白雪地，红爆竹，孩子们撒欢，又是一年

2004 年

风吹过，草在晃动

风是空心的。风放下一切
高处的草，按不住风
被草按住的，在斜坡，静静地腐烂或萌生

在周围美好起来之前——我慢慢坏透之后
没有谁告诉我
哪一阵风，会冷不丁将我吹走——
不给我任何返回的借口

风吹过，草在晃动，模糊了尘世的苦脸
那么多的土堆，显得格外的宁静、安全

2004 年

那么多的土堆

那么多的土堆，弓下身子，像捂住疼痛的枯叶
这尘世的枝头，填满婴儿的啼哭

鹰已不在，拿什么从天庭领取暴风雨和闪电
冷空气下降
薄霜掩饰了草儿们的暗自枯黄
摸着树干，一个人的沉默显得疑窦丛生
有类如岁月留下的隐伤
时光劝说了灵魂——趋于平静

放弃物质，放弃精神，我们仅用存在替代存在
必将有一些人，先行过上拥抱灵魂的生活

2004 年

炊烟升起

就是这一脉气息，被再三提起，我所要表达的
早已被再三表达
那些行走在词语在册页间的，亡灵的侧影
它们的脉象，暗合内心的深哀与极乐

人群四散，终归在炊烟下挂着——
埋在尘世的红薯
默认苦难——这簇文火，阐明意义于无形

2004 年

赶　集

壬寅年正月初六，游览黄河入海口，诗以记。

剩雪被阳光擦得锃亮。无尽芦苇，
集体站成接天的枯笔。
在风看来，草木从未停止挣扎。

那么多鸟雀，在远天集结、盘桓、旋转。
模仿灰烬，
似要找回初时——那团火焰的形状。

又随缘四散，在冰湖行走、浮游。
水天平摊，向晚，
如图穷。

这些年，
野火翻译出的芦苇荡，囤在沉默里。
浩荡有开阔的去处。
心已清场，
几乎赶不上，黄河入海口，

这场

聚众的豪情。

2022 年

给缪斯

普普通通　我只不过是
水稻小麦之类的作物
仅因为过去的某一次机遇
从此　高高浅浅
便扎根于你感情的平原

如有可能　我只希望
将自己套种进
你感觉中孤独的一隅
以我漫长的一生
兑换你寂寞的一瞬

1989 年

互为翅膀

留一首诗不写，只存放在心底
这是紫薇，这是海棠，这是合欢……

停一杯酒不喝，细听蛐蛐儿用小牙齿
沾月光
将别后的秋夜，磨得日渐凉薄

2009 年

碎瓦片

这些碎瓦片——

沿时光散落在永安河两岸的祖先们的

户籍上

注销一切喧嚣

想必是炊烟与爱情的纠葛

想必还有其他什么原因

这些后来的碎瓦片

慢慢怀上黑色的闪电

与苍苔积攒的悬念

一夜私奔

碎瓦片埋在土里，一片寂静

暮色苍茫

万顷芦苇荡

2004 年

雪，还可以横着下

雪，还可以横着下
不要章法。山川、树木、村落……
那些被修饰被遮蔽的
让我见识了"这世界原本也没什么"
像是和什么都有联系
大冷的天，雪忙得团团转。更多的地方，我其实
没去过，没看见，只当存在
可以什么也不说
雪，上面那些脚印，终将被阳光一一抹去

2004 年

背井离乡

故乡是越离越远了
故乡的那口老井
却是绝然背不走的

我只背行囊　可是
行囊也越背越沉
借着疲惫的月光打开它
竟发现有幽深的井水
在眸底打翻乡愁的吊桶

2003 年

徐岗粮站

荒草，公然穿透冷硬的水泥地面，拒不让路。

如果苔藓愿意，还可以窥见状如生活的裸体碎石

这里的一切命名，因谷物的缺席

显得语意含混、陈旧。近似舅奶奶孤寡的晚年……

隔离在另一个梦里

拖拉机、扁担、蛇皮袋、草帽、黑毛巾、磅秤、

木锨、振动筛、茶水桶、看货员混杂成堆的香烟……

我提及的喧嚣与繁荣，都是阒寂时光

所抵消已久的。

仓库一座比一座破败。四周空荡。

巨大的帆布领着雨水和青春的背影，去向不明。

露天堆留下一抹疤痕，嗅不到一丝汗味，或谷香。

麻雀的群飞与散落，丧失企图。

我的归来，也仅限于一位病危的老人

暗下来的眼界。她是徐岗粮站的职工家属——

从年轻起。现在也算是。往后会减少，被买断，

逐渐消失：这里笃底是别人的，死亡是自己的。

徐岗粮站这只蝉壳，量出的空阔，适合离开

2004 年

雪中：永安河

天地干净，白茫茫一片
永安河笔法沉稳，独自在无边无际的宣纸上
练习行草
那墨色微亮，透着轻狂乱雪无法修改的大气

雪原素皓，了无踪迹。甩下这一袭夜行的披风
作为凭证
料定那厮，是个快如闪电、手段高明的刺客

欠下的一笔债。白纸黑字，一遍遍抄袭内心
冬天即将过去。茶叶
慢慢回到杯底。懒得清扫稿纸上的积雪
认定的事物，尚且没有明显的转机
永安河缠成一个死结
像一个人，始终放不开对这浮世的执着

2005 年

路过祠山寺

蚂蚁搬动月光，干着与寂静无缝对接的活儿

斜坡摸黑向低处倾倒草木

三两片碎瓦，压着古徽州的声色犬马

从来处来，向去处去

在佛地

裸体的睡莲，动用了俗家的后园

禅机不比水浅的样子

明月适宜相邀。只是，我已多年不碰杯盏

试图从身体内

拔除孽债，那些早年间欠下的软钉子

争执吗——一切无疑会平息复原

时间与生活从来就没停止，对我们的

有效干预

2005 年

山居老人

竹海深处。围观者无非虚空

相对于一位老人一辈子淡定低调的栖居，外面的浮世

可有

可无

阳光在粉刷。毛竹苍翠。一把篾刀剖析的时光，异常安静，白细

试图学着他的样子

舍得

我走失耐心已久，是一个有毒的人。一再折腾

像风，挥霍了漫山枝叶的嘱托

2007 年

桃花源

每一盏桃花，都是一句诺言

点亮黑色的眼睛

每一盏桃花，都像一个羞涩的少女——

说出一句话

藏在另一句里，静静地

等

云袖漫舒，山水画屏

有福的人

只差

抢占满树欢欣的绿叶，充当不够使的眼睛

阳光

感动冰。水在冰里等水

春夜包庇私奔

每一朵桃花的门环，都虚掩一隅

人间的仙境

2008 年

文峰塔

一尊佛塔支撑起的

天空

区别于一缕炊烟支撑起的天空

同样，区别于

一幢高楼支撑起的天空

时光的筐箩下

麻雀。低处的蝼蚁……

寻寻觅觅

我们一起，默认生活骂骂咧咧的爱

何其短暂

2008 年

皮　囊

自己用。公正、公平、公开。

别无选择。用旧，用皴，用出麻烦
慢慢弯曲，直到失灵。摘不去污浊、隐痛……
一部分被占用，被淘空。
直到成为一撮灰烬：随风，逐波
混同了泥土。无所谓

有时留下痕迹，几粒符号，将来者的
目光慢慢磨短。
更多的
貌似高僧，被木鱼省略。

2005 年

胭脂井

美人粉腮，褪出白骨。我们不明显。一滴泪
能砸出多深的幽叹
心思潮如青苔
牵挂一个人，她那么陡滑

天空过于辽阔，我只要你泪眸噙着的那一小块光亮
在深处
纹一身黯淡，做一只寡陋的
绿蛙。把千万个祝福，只说给你一个人听

2009 年

一些话不说了，留在心里慢慢庝

露珠抱着微光砌筑的宫殿，抱着一脚踏空的
梦魇
爱人，你看草叶的一生
比烟花洁癖的一生，又能长多久

没读过月光翻开的河流。水滴已先于沉默
洞穿石头
杯盏里的夜空。空镜子。失声惊叫就要赶不上
坍塌的速度
被谶言与虚幻的福祉
左右
"一些话不说了，留在心里慢慢庝"

2012 年

从城河楼到阿瓦山寨 *

从城河楼到阿瓦山寨。后来
酒有了清冽的锋刃。在错综，在交叉，在敏锐的
神经上
游走
不再似醉卧杏花，头枕泉韵，邀平平仄仄的
风月

周围暗下去
暗在暗影里。陷入梦游的人
不记得
是否遂了一个哭泣者的心愿，饮下那些
干净的悲愤

世界在旋转。一张张脸在旋转。看不清。清醒的
关心身边的
无知无觉。很多时候
很多人
其实，他们扶不稳

疯累了，野够了，萎下来。自顾自睡去

像一个睡袋

布满钻石般的皱褶。装得进——所有善良的，尊贵的

虚空

2009 年

注：阿瓦山寨，一家酒馆的名字。

走出野味馆

草浪涌向天涯，山风浩荡。咬紧牙关的人
咬定了，要抿住一片惊叫
怕一松口
一匹还原的老狼，借着酒力，尖嗥着蹿出胸腔
瞬间
乱了流云与野花的秩序

2009 年

一步一莲花

一步一莲花，登高台。会不会走着走着就走进了

来生

云雾洗涤出来的门槛，雕龙嘴里吐出的清泉

是不是不下山，就可以干净地活在梦里面

就可以

朴素地站在来世的枝头，和一朵心仪的花儿头挨着头

数星星，喝露水

一天换一个花样寻开心

——苦难有多沉，身体就有多轻盈

宛若莲花刻在石头里

不离分

甚至，冷不丁吞吃一小口她面颊上的细花粉

然后嘻嘻哈哈赖半天

——像一个坏坏的小沙弥，贪恋上了佛法无边

2009 年

凌家滩一瞥

区别于第一次造访的平淡失望，我震撼于凌家滩
刷漆的铁栅栏，圈禁的
齐胸深的荒凉。远古部落玉器文明的光芒到哪
覆盖的蒿草面积就有多大
一个个穿着清一色的囚衣，细瘦嶙峋
挤在前面的，甚至把脑袋或手臂长长地
伸了出来
废墟下的辉煌，欠下了荒草们寂寞的一生

每一茎草根都涉嫌私藏
哪一块丧失体温的璞玉，是部落首领的小女儿
悄然夹带在兽皮里的信物

天高地厚，空无一人
凌家滩是一个让灵魂在遐思中受孕的地方
确实无景可赏

回到书斋，我想，我是那一只用臆想酿蜜的

蜜蜂

2009 年

约 定

按照一朵夏花打开的口型，给呐喊安装消音器

说服蝴蝶

入梦

与我在薄冰上赛跑，比谁最先逮到慢的无望

授予灿烂心灵

以无端

"无论我如何堕落，在我内心，永远有一隅净土

供你栖息！"

在同里，将会有一间临水向阳的房子，干净，朴素

将会有一个风尘客，如期投宿

代替我们

静静安顿好，戴罪之身

2009 年

水印的画卷

红鲤鱼们犹如自主缤纷的桃花瓣，倏忽揉皱了临水的楼台与云天
水印的同里
一圈圈绮丽的涟漪，在心头，欣然荡开……
那些大大小小的假山，像坐出的老茧。我可不可以当作是外乡人
相互积压，赖着不走的小小贪心——丑丑的可爱
每一步青石，都刻录了线装的风雨，水一般跌宕柔丽的悱恻故事
小桥虚怀清冽，躬身以礼，迎送垦读布衣、腾飞的鲲鹏

这是一个不需要妆镜的地方
白墙小瓦飞檐，葱茏花木，在一泓泓碧波里，研磨水写的诗意

2009 年

似水的眸

梅子又熟了。雨季跌坐在石阶上，泣成苔痕
心的茅屋为谁所破，一滴，一滴，漏着陈年的往事，潮湿的痛
人生如渡，船过逝水岁月。记忆的青竹长篙
在江南，水巷幽处，绿雨染遍的日历上，随意一点
便能拐进一汪好看的眸儿里
春帏悄然落下，雨帘如幻。是谁不动声色，轻易地
缴获我手中紧握的水声，心中的花园。似水的眸，埋人的地方
雨季深处唯一　一片干爽的阳光
似水的眸，流淌在佐以梅雨腌于梦境的故乡。回望，是余生的底稿
寄居异地的一笺冷月

2009 年

在雪中

雪下到积雪为止。雪下着下着，就藏不住了
漫天断羽无声——叙述逝去

昨天还拽我们的手臂荡秋千，今天
亭亭。
瞅着女儿帮我拔下的一根白发，愣神

一些诗友，已变成星星微光
就站在
浩瀚的深处，等着

飘雪除夕
夜色牵着永安河飘动的长长的洁白纱巾
久挥不去
如一场怀念，被大雪搅乱，被寒风一直就那么
刺啦啦地吹着

2010 年

翩翩安康，溪水是南宫山脚踝上的铃铛

溪流将南宫山压箱底的锦缎
披在身上，比量万壑旖旎中，几乎被忘却的时光
与暖风赛跑
花木熏香鸟鸣，叮当的配饰
一群欢宴上绕膝追逐嬉闹的孩儿
将月亮女神琴弦上，一曲曲富硒民歌，传唱得惹人
心尖痒痒

在山坳，我请求褪去尘埃，俯下身来
做一脉溪水—— 一块干净的玉或瓷。小栖或奔跑
与岩石唠嗑，聆听青苔的回应
清风、落英、蚂蚁……都是经常走动的亲戚
没有大事，只在意欢畅的呼吸
做一脉溪水，掏清心胸淤堵的块垒
清亮地，将自己摇响

2010 年

在险处

雕花石栏，拦下深渊

也拦下

汹涌而至的，苍翠群山

天空下

那么多照片，始终没拦住一具新鲜的肉体

2010 年

给溪流

芳草芊芊。你拨叮咚算珠，清点经手的光阴
口算
寂静深山
托你运往山下的竹叶、落瓣，与幽邃

深浅是心有块垒的。旧事刺痛，卵石光滑
难过时，玉碎，平阔处愈合
细叹——
人世这趟，怎么挣脱，都像
孤注一掷

2012 年

水　巫

如果还可以，我希望这爱是随和的

婉转的

无妨也是蚀骨的

我希望你披散草叶，裸着晨光与月色的腰身

用水写的温柔，牵我

走一程

——在山林深处失忆，丢了名姓与身世

木叶萧萧

那水玲珑的叮咚，将我沉轭的灵魂镂空

剔透

教我把口哨打上云霄，做你草莽的英雄

2012 年

山里夜晚的黑

山里夜晚的黑
才像黑
比山外的黑
更黑一点
山里的黑，总是黑得相对干净、纯粹
不似山外的目眩
荼蘼
但又显然浅于——
人心里决绝的黑。以及，坟墓里
闷死的黑

2012 年

目光灼灼

山峦高于瓦脊，竹海快要淹没农舍
这世外的寂静山居画卷
这门前屋后的春暖花开

屋梁黢黑
土坯支起大铁锅
文火细声细气，如呓语。新采摘的野茶尖尖
忐
忑
——汩汩早春的洞房里
这些娇小

多好的春光
"哄"的一声，划燃眼眸

2012 年

谒田间墓*

生命最后的一声鼓点
也凝固在
这青山绿水的田间了

余音
却在人民怀念的心底
启程
洞穿悠悠岁月

2004 年

注：田间，著名诗人，素有"擂鼓诗人"之美誉。1985 年病逝。墓址位于诗
人故乡——安徽省无为市开城镇羊山脚下。

米公祠*

找遍投砚亭

不见当年大宋的脚印

悠悠墨池 三两行人

一个清瘦的倒影

怎么看 也不像先生

先生隐居碑林深处

抑扬顿挫一帖帖线装的风云

2004 年

注：米公，即米芾，宋朝著名书法家。米公祠，位于安徽省无为市无城镇西

北隅。

造访刘禹锡

在和县，去了趟陋室，刘禹锡不在。
刘禹锡不在
只要肯掏 8 块钱换一张门票
大家就都成鸿儒了——
谈笑风生，在数码相机的殷勤招呼下
自己玩

那段著名的文字，被抠进一块石碑
刻意和往来的人对口音
倔强得像群离散的孩子，要认祖归宗。
风吹过，雨接着劝
时光劝得一茬茬世中人失去耐力
谁有本事让他们自愿从石碑上跳下来
我就承认谁是：刘——禹——锡！

2004 年

不见长江

没太在意苔痕。反正帘儿放下的青草
已随国内外所有野生的一起，黄了。
陋室以外
山冈上这座长亭显得低调，远不足以
帮我们指认天边
长江的走势已被霸道的楼群重复删除。
不适宜留驻幽思。好在近处有一株
蜡梅，圈养一团清香
将故乡大别山从同行的一位文学教授的
内心，抬升到表述的高度——
这多少抵消了我的落寞，以及
想把陋室请上山来的念头

2004 年

辑三 两相苍茫

LIANGXIANGCANGMANG

雨下茗洲

烟云滞缓，翻过峰峦、林木，及至最近那道马头墙
就再也忍不住了……

"骨灰盒平价超市"嵌在
白墙黑瓦的徽州民居丛。映山红很快会被擦拭干净

单行道。医院的中巴车内
我们被时代遣送——像病人一样病在所有病人的眼中

2011 年

1+1 的问题

给茗洲加上一个春天

显然与加上一场大雪的结果不一样

一个人加上一夜病酒

区别于

加上一曲有关风花的怀柔

老宅的一块青石加上一层青苔与斑驳

是否恰好等于

一颗心平添的那份沧桑，及虚无

一片小瓦加上一阕虫鸣

一溪春水加上一只竹筏

一群异乡人加上一路烟雨……

聚散茗洲——这些答案，有多么明晰，就有多么

含混

2011 年

黄河故道

譬如大海通过针孔——我还没有准备好
让黄河
让一些大而无当的事物，通过我细微的内心

总有一些更为巨大的力量，在背后，迫使我们
匍匐成一条河流
并且，适时改变走向，放弃承载

毕竟，那些激涌奔放的岁月
那些雄浑豪迈的初衷
在我赶到时，已经逝若烟絮。我确实

还没有把握：能够胜任一段站立的河床
让古黄河
让故道的长风明月，在我的身体上，重新
蜿蜒百里！

2011 年

103

疾

不屑绿。不屑泛滥。那棵站死多年的
枯松
忽然晃动了一下
忽然
像复活了一般——激动起来
——必有风
疑似痴者
疑似生前曾苦等一世的那人

来了

2013 年

纸　团

纸团分过手

纸团里有背影，有作废的初衷

有将军令

有梦红楼

有失魂与体液

有一角别院

一记断弦

一个低泣的雨江南

有被星星蛀空的长夜

庙堂法器的冷硬

有堕掉的胚胎

有心绞痛

或许什么也没有。仅是笔墨不走动的一个穷亲戚

蛰居一隅，白白弄皱了光阴

纸团坦白不坦白

都是放弃了故事，退到废处

抱紧自己

天地大磨盘，极目行走的骨灰

多少奈何事

揉在里面

2013 年

褒禅山

一日日在心里搂着那朵花。只要呼吸着
那花就暖暖开
人世枝条，过于陡滑，站不住一朵花
不舍暮春的眷恋

我爱的那朵花，其实开在旧岁的枝头
寺院黄。一个混在一群里面。几乎放弃。
空心山。
导游女孩用青涩的嗓音
清点石动物
这个春天，早已挣脱了芽蕾

2012 年

果

尘世在梵音里缓慢下来

那个木讷的人

混在香客里面，退无可退。他被逼进内心的炼狱

疼得不敢呼吸

春天里的废址。澄明

空阔。

掉队的尼姑，耳垂上，有过一次失败的因缘

她已极少回头——向空处

剜一眼

叶子在叶子里凋零。一片，一片，被婆娑泪眼洗过

才静静躺下

在庵堂前的幽幽曲径。风画了一个小小旋涡，就再也

没了踪影

2007 年

四面八方的花儿

在春天，没有比迷路更开心。一个人
或者两个，在郊外
在山间
怎么走
都是对的
怎么走，都心仪

枝头挂满小手雷。春风引线
阳光乱丢明火
大地小村子
处处轻雷
爆炸的声音是白色的、红色的、粉色的……
不闭目佐以轻嗅
你无法听清

2012 年

湖　居

阳光走进湖边的小院，就松懈了

一毫米

一毫米

从海棠移向月季、牡丹，及至一隅含笑……

下午闲适散漫的时光，让我有足够的从容

细细打量

包括一只蚂蚁的表情变换

向晚。这月光纳在湖面上的

八百里寂静

需要我腾干净内心的过往与荣辱

与之般配

2013 年

李　坑

抵达时，婺源早就解围——油菜花卸甲，已成
最后一批撤走的传说

比拱桥、栈亭、寺庙和庭院间，由宋及清的
那些仕官富贾
走得晚，走得更眷恋

新入旧镇。疾雨陡欺清风，暴洗青山。游兴乍然
乱马荒兵
垂柳试筷如涮，无明月
可捞
无私语、词赋可取
石板桥上，湿了打伞的背影
木雕楼头，三千杯盏，置换冷暖有无

把远山看远，把轻岚看淡

花事更迭，春渐短

散淡人在江南小镇的驿站，一夜病酒

2013 年

听　雨

缝纫机斗嘴，为万物体内裂帛之事

念珠凭空坠落——细莲朵朵
一个人的禅

落入湖中是湖，落入草丛
是草
只有撞上铁石之物
雨，才是自己——被故事伤害的样子

彼时花开，彼时
雪落的声音
一壶清茶，研磨心境。梵音矜贵，一切都在
起身离开
抵不过，光阴在大地上，落棋为营

2013 年

剪 枝

请原谅我反复用剪刀

打断蔷薇们旁逸斜出对季节近乎草率、狂热的表态

我只是想留住那些花儿——在下个时刻

下下个时刻

开得更美，更全面妥帖一些

也总有三两茎枝干埋头走得太远了，才发现

叶子没有跟上来

兀自黑下脸儿，在风雨里默默朽化——

死了心的哀伤

风声呜呜

像寻仇

这人世的枝头空旷啊

无形的元凶，被无限分摊，无限藏匿

我能照顾一丛花

我能安置几茎失意，是因为

我不能帮悲风从芸芸里揪出，截她断指私奔的

那个冤家

2013 年

该是在雨中

去看你。你在某一粒灯花下，眸子里

锁尽春水与落尘

细雨幽巷

古镇

青石板被沤成烂尾爱情

只在风雨里，止水才肯透露些许

表层的哀伤

混同临河酒肆，杯盏深处的后生

廊桥身上布满时光的潦倒。楷体日记

絮着断弦的一阕阕轻响

油纸伞离了恋人的手掌，成了失了根的花朵

被一阵风吹走

因尘缘失了法力的妖精

在锋刃上舞动腰身，一抖水袖，甩进虚空。细细唱：

流年错

这逝水，生生断了奴家的出路

2003 年

旧　友

在古镇，天际线也是怀旧的走势

惹人想起旧友

譬如飞檐挑起的空寂

粉墙黛瓦的心情

即便我再从这石拱桥上走回去，你也不会出现

的喟叹

旧友是愿意随你去旷野里苦守寒风的人

只为相聚

旧友在记忆的衣柜里，有纯棉的质地

旧友往往和遗忘叠在一起

叫人幡然时，心生愧疚

允许迷路

允许迷路后去看望一个永远三十一岁的旧友

没有比永逝埋得更深的伤痛

万物在旋转中生长，月季花今年已经开到第三遍

旧友有的晃动新花的外形——

自己凋谢在自己的身体里面，叫人徒生怅然

有的

还在眼前

2013 年

两个三河镇

我更喜欢水里的那个
也许这跟我喜欢荡漾的生活有关

如故。无恙。十年、二十年写同一首诗
右手摸左手
廊桥复廊桥
斗拱连斗拱
小瓦摞小瓦，青砖垒青砖

你看水里
三河镇悸动—— 一滴浓墨在袅袅散开

2003 年

观安景溪 *

先是在故友舌尖，遇见：
观安景溪

有如旧朝幽篁皎月，比照今世
夜色与细长幽径牵引
彼时赶赴的，原本是不胜枚举的素昧之地

生僻民间。草木、黑砖、小瓦的私会之所
相见欢
大红灯笼标注回廊，搀扶微醺酣醉的过往
你脸庞上微微闪亮欢愉的轮廓，也交代了人世的空茫与莫辩

2013 年

注：观安景溪，即观安景溪度假村。

夜宿牯牛降

春夜宜写三两行潮湿的文字。或者，拼了
斜雨廊桥
舌头打结，在醉梦中拦下心仪的佳人

赊一角山水
佐以下酒
雨水慢，在窗外，细细报：檐高，竹低……

多么美好。呼吸快一点，石狮子也含羞
哪怕无意失踪一小会儿，都容易
惹下嫌疑
好像空气里到处都埋伏了伺机暴动的
玫瑰的种子
一诺私奔的花园

2014 年

等待一场雪

等待一场雪。
等待鬓角窜出白驹，空口白话之后的
骨白。
等待真相大白。

天地雪白，如诉沧丧。

雪被人世的底色追杀——
白活一场。雪，漂不白乌鸦的羽毛和眼睛。
漂不白，
断肠诗里默然删去的任意一粒汉字。

2014 年

122

诺日朗

我们身体里分流的黑户口

我们有意无意视而不见的柔软部分

这喧嚣滋养的寂寥

这恢宏排挤出的潮湿与颤抖

命犯纷披，迎送跋山涉水而来的众生

透明在绞杀

尽散碎银，换清欢

在瓮底最后一滴酒里决堤哭世的汉子

——这柄遁入深山的雪花板斧

一眼识破我们身心里弥漫的疲惫狼烟

2014 年

十　年

哪儿也不去

什么也不干

十年了。只在一个叫作"仙境"的地方

把独自的寂静

打磨得

彻骨薄凉：一朵昙花，拓印在瓷片上

是的，十年时间，足够让一块好铁，慢慢老去

面露愧色

足够落寞幽思

滴穿石头

十年时间，你虚无

你无声无息

在清风在月光在流水在记忆在心灵之上

镌刻过往逝梦的余香

十年里，我在人群里时有发现

又不断失望

十年里，足够把一些人和事慢慢看成空气

在眼前出没

我已经用伤口

原谅了刀光

"在生存与文字之间寻求平衡"

十年了，颓然喝下的酒，再没有一瓶是

你拎来的

秋风又起，落叶四散。我在十根琴弦的颤音里

平衡一颗流星颠覆的尘世

这一次，我没有你说的那么游刃有余

十年

十年

十年……

这样的叠加，无异于寂地雷霆——

佳人令妆镜起皱

暗疾剥出行走的白骨

鸟儿在深林冷不丁啼叫。若寂寂十年，桂香里

落定一枚棋子

云淡天高，遍地暮色

都是佛的眷顾

默然相对。容我站在落日左边，为你写一次：10……

——黑白磨人，十年为记。能写几次
就写几次

2014 年

坠落之轻

一根羽毛在半空，独自写"风"
却写不出"飞翔"

风写的人，一晃而过
徽州的老城墙，黑砖缝，勾着细雪
勾过往的轮廓
在春天，一个日渐衰老的人，所缺少的
是一场艳遇

鸟与天空偷情时，留下的慌乱，可以是
一根羽毛。一场雪。也可以
什么都不是
一个活着的人，走在去坟墓的路上
可以恐惧
也可以不假思索
无所谓

2007 年

127

打春贴

一夜冷口吻，将世态、物象一股脑儿
说白……

纷扬到索然。眉眼寂寥之人
徒生闭锁关城之心

不围炉。不诗话
新事日渐稀缺
物哀于冷却灰烬中伸出乌有之手，摊开手掌
给你看一粒噼噗磷火

风，吹着风衣
吹旧时光身上一件曾经之物。此去不远

桃花落——是刀削的新血肉，遍地打滚
把一生中的伤心事
重新诉说一遍

2015 年

花朝诗

心懒。多久了？芬芳不在场。小庭院，几案乱

花影下，狼毫身上有一截跌死的

昨夜风

——尘埃里，堪以俯拾的心境里，有旧响动

有不被察觉的微妙撤换

你能从一个人淡泊的眼神里，看见离身而去的光阴

三月在跪笔弹锋。抵不过。一个人

去看花阵

包括雨帘深处，卑微枝茎上，那些哭着笑的脸

一个人，左脚跟着右脚——一

去看田野如何

寂静燃烧

看心底，衔泥归燕也丈量不出的

花残骸

2015 年

八大处

身无长物，西山——这一堆堆亚麻土布
如果不是缀满缭绕佛音
还如何配得上
守望
一座皇城的孤独与虚妄

处处寺院。处处钟声掏空山谷，也掏空
僧侣的内心
站在许愿树前，站在你身边
有那么一刻
恍惚钟声掏空山谷，也掏空
我含笑只字未提的
难过

2017 年

柯村油菜花

群山勾肩搭背，寂静绵延
芬芳以公里为单位
低处，古村小瓦阡陌。明月是赶夜的信差

在柯村，油菜花不再满足于剪径劫道，小打小闹
在山坳，油菜花聚众，放纵了屯兵江南的野心

打不打翻油漆桶，反正油菜花们都黄得死心塌地
不可收拾了
甲胄明晃
美得杀人的方阵
试图对峙，这尘世的光阴

你凭栏观花
花在看你——如何遣散内心
如何搬救兵
——毕竟，你在人海，落单已久

2015 年

黄山芙蓉谷

峡谷身负天光。伤口也可以是
美丽的
纵深四公里的沉湎，无疑，就是美丽的

人世的苦痛和甜蜜，少不了
液体的倒映
一百多个星子一样的翡翠潭池，分担我们

从前空气干净，水干净
野人在森林约会，在竹海的枝梢上嬉戏
天、人、物合一
一点没有受到现代、科学的污染

那时候表达情感，简单而直接——以手拍嘴
发出啊啊声
一嗓子，把个十万大山，翻个底朝天

2015 年

桃花潭

千尺，深在深颜色的水中
千尺深在沉默里

桃花潭的深度，到明月为止
明月的刻度
高过浮世众生，与一首赠别诗，恰好对等

2015 年

鬼　屋

黑匣子里
摸黑

一条通道，被挤压成一根回形针
尖叫串起的恐怖，也是
回字形的

在外面，一直走得跌撞。在这幽灵出没的暗处
跌撞
就不稀奇了
磷火闪烁，鬼魅猛地坐起，或
忽然冲出
拖着回字形的凄厉哭号
扑上来
——嫌人世遭遇不够。还是，死得不甘心

我模仿一条虫子，下意识，把手搭在另一条虫子的
腰上

鬼屋是一个果核

外面包裹浩荡的春天

2015 年

在五里看桃花

五里桃花。刚刚好。再长
我怕走得太累

就是五里，我也不准备一一爱过
我们死多久
活着就有多短暂
来迟了，盛花期不再
我要腾出对桃花的眷顾，止步于半坡的短亭
我要停下来
低声跟你说："你看，桃花，已凋谢!"

2015 年

西河微茫

墓穴里挤满走投无路的灰烬。他们爱过
恨过
然后泯然

反复被梦使用
不出声
一说就错

下半夜的撩水者，一遍遍擦拭
西河
骨头上的忧伤——干净。月白

那整整一条河的幢幢，我们看不见

明月随了逝水
在别人的眼里风流，在自己的缄默中孤单

2015 年

137

一句尾音绵长的留言，从沸腾说到苍凉

不似半山腰——岩石低落处
流水急于表白

所有跌宕，一并被包容进
上善心胸
开阔，一种宁静的力量

白鹭的翅膀、戏水者、三两片竹筏及其他
拖细纹
拖短暂的水花
刻画一条河流的深邃
——没有谁能够把西河流过的泪
再流一遍

像我们徒劳
试图尽收西河绵延不尽的静美

2015 年

佛 印

日月闲章，钤"未果的光阴"

内心的清晰，缘于刻刀的追认
尘世上那么多的不遇
让我们相遇

长风一朵一朵打开莲花
细蕾里有人事的荣枯
有落在宣纸上的微茫
不辞宿醉，此时我赶写分行的禅缘
摁下一滴露水里来不及褪色的朱砂

2016 年

伤别赋

骷髅上曾鲜活桃花晕。婴儿的啼哭，掩盖不了灰烬的寂静
我吻你时，是流连野径
夜叩小栈门，一个灵魂投宿另一个灵魂的寥落

秋风凉，饮罢此杯别故乡。夜幕西边
有上弦月兀自低沉
小酌者，有旧光阴、旧人事可遥相呼应。有无尽流逝。有
幻肢痛
深入虚无之骨髓

2016 年

青弋江

皖南草木竹叶酝酿出来的地道方言
愣是从一脉脉清溪
说成雄浑

说出平江默默天尽处
凭鱼跃的门道

一条江须得
喝足多少个乡镇的溪水，才可以拥有
迎送日月的气度

哗哗的书页，被岁月装订
亦散失
一条江无字的记载
让沿江的梦，在更迭中，日渐丰盈，厚重

春风不薄草芥。这一捻引信

牵系多少颗心形的春雷

2017 年

老阴山的风

老阴山的风与老阴山

死磕

在山巅。嶙峋怪石，都拴着隐形嗥猪

老阴山的风

撕咬着嗷嗷叫的空茫，混同

一事无成

没有掀动米戛的车

老阴山的风

又掉头扑向我

老阴山的风，终于在我这块温热的

外省的石头这里，发现了

松动

2018 年

143

草，潦潦草草

草为任何人
准备荒凉

若是无意撞见
那目光，也是沿碑刻无声的走向

那个用轮椅将自己
倾倒进无尽黑暗的人

有草茎骨白的一生

2018 年

在阿者科

内心寥无疆域，在滇越边境
走寻神迹

翠谷煮云，天光拾梯田而下
蘑菇房像古老的语种，在破译

谁此刻不说话
谁就说出了目瞪口呆的山水

2018 年

云

舷窗外
到处是废纸团

——在没有神的天庭
神替我们废弃了
所有表白

2018 年

两相苍茫

云和雪互不相让，一些挤落在草地上
咩咩，替春天喊出痒

天蓝得让人喟叹，这些年，我们一直过着
被克扣的生活。泪曾凿开过你我
烂尾楼的洁癖

在万米高空，俯瞰
人世沙盘
有谁，与你互生大理石内部的闪电？又
两相苍茫
剩下的日子，我靠忘记你，生存
阳光恰好关照半身光鲜，勒出
另一半烙着安徽的幽暗

白云一朵一朵拼接天际线，棉花消弭骨白
身体里预留悬崖

2018 年

从密云到怀柔

——致白河大峡谷

专程寻访一条河
探究一段细白的表述，默认阻碍。如何
一再蜷曲自己
和群山达成和解

求证一条河
在低处，在寒怆里独自走久了
原本柔软的心肠上
如何
慢慢，可以走人

冰，冻结不了游动的鱼
我们寻找河流

类似乌有之路。寻找一段冰面
胆战心惊

安置我们短暂的欢愉

峡谷如刀口，河面有自愈的平静

2018 年

麦积山

一座山，兀自峭拔。冷不丁
不屑于连绵

一堆麦垛，脸红脖子粗，火烧火燎，急于
在寂寥里松开内心的闷吼

一团火，"哄"的一声，蹿起老高
省略了铺垫

一座山忿忿，熊熊。又释然，平凉
胸怀诸佛，迎送天水

2018 年

辑四 羽叶与绒花

YUYEYURONGHUA

走西口

长风抬远唢呐的呜咽，抬不动

泪疙瘩砸疼大白路的尘土

世上的路，晃人。晃得碎光阴，扎人的玻璃碴，白晃晃

揉搓在路口一对对离人儿的心尖尖，脚窝窝

细针脚的叮嘱，红窗花的愁

咬一口汗味的肩头

一百里长川，妹妹豁出命来招手

青草挤不上大白路

荣了又枯。青草在有草的地方，沿着大白路

一路跟丢多少背影

再也没能回故里

那么多人汇成大白路，被饥荒踩过去踩过来

一根长刺，细白，扎进那么多毛眼眼

愣是拨不出。多少年

多少土堆踮高的叹息，被荒草晃抖着身子，一一抹去

百里长川，一个时代遗落下的

空腹的旧褡裢

被红丝线绣成新锦囊

2018 年

多年以后

雷，继续在撅骨头

摸着黑，雨水冰凉，流得到处都是

你起身，骨缝簌簌，土粒细微

就着闪电

抱残碑，修改他们错刻的笔画。就着一朵凋谢的名字

干燥地

恸哭

浩瀚里。那些爱过的，恨过的

都得以安息

2008 年

155

在草原，做一个幸福的醉酒人

黄河随马鞭一起，被甩在身后

星空踉跄

深一脚篝火余光，浅一脚马头琴声的低回

四面八方

鄂尔多斯之夜，每个蒙古包都孵化一豆鹅黄

怎么走

都有柔美草叶，铺就叫人迷失的苍茫

在草原，做一个幸福的醉酒人

或者哪儿也不去

沿着杯盏的长川调，栽在随意一处草丛，恣意睡去

不时扒拉开脸旁，黑骏马热气腾腾的响鼻

2018 年

行　者

尘世有毒辣的日头
我有晒不黑的血液

2018 年

百里长川，花儿们推杯换盏

花儿们替下大白路上
穷途末路的人

那么多花儿挤在一起
推杯换盏
每一朵花儿都溢出天光与谣曲

一百里马奶酒醇香浸染的长川
谁最先听懂了草虫的鸣叫
谁就最先截获门环后虚掩的寂静，寂静喊出的
幸福。那么卑微，那么真切

2018 年

歇 处

篝火只是随意将夜色往近处草原
赶了赶

草尖尖上的露珠
也被统统赶进星河——不可触及的
恒远

腾出地方
英雄下马
琴声隐约，三百杯醉意
披好
鄂尔多斯的夜

2018 年

追草人

——兼致父亲

时光没收了塞上狼烟，以及匈奴人弯刀上的寒光
柔化成矮峰弓背上的隐约绿锈

岁在戊戌。雨水稀缺，整个内蒙古草原，草势颓废
好像这人世，都是些不想见的人
好像在撇清

从四子王旗到格根塔拉、辉腾锡勒、乌兰察布……甚而呼伦贝尔
那些人疾驰、追寻，多半源于草们的长势赶不上
内心的旺季。我混在其中，略显突兀、孤单

母亲又打来电话。其实我知道，她身边还站着
一个不说话的人

2018 年

夜漫漫

一堆篝火，独自在舐什么呢

像一头受伤的狮子

——夜色阔大。多么寂静的黑

悬挂四野

冷月瘦成蛾眉，三两颗星的天幕下，那人埋头拉琴

暂时忽略介入体内的沙尘

马的背上，空凉，风试图揪出什么

2005 年

走笔历城

先有甲骨

后有文字

万物关联，暗合源起，信托

龟兽在光阴里散尽肉体，承受刀尖加持的尊贵

一头扎进泥土

不辞昼夜，驮来亘古的卜辞

熬出头的低调

——刻在骨子里的花朵，不凋谢

密语风化，在大辛，印证了久远的口型

狼烟在翻覆里变幻形状，书简时有战火镶边

齐僖公错立诸儿

鲍叔牙认对管仲

江山一再易主，一段情谊佳话包浆一个地名

一如一脉光阴擦拭一块好玉

臻于永恒

一座城有一座城的出处，一段历史有一段历史的

公允

一座城经历苍茫，日渐清晰

喧嚣归于寂静，晨光起于深宵

七十二泉，泉泉汩突不竭的贤良与孝道
老祖宗留下的余粮
让灵魂得以体面，让持有者大道远行

高山建寺，幽林造塔
梵音萦绕一滴露珠里的家村、城郭
在历城，稼轩起笔，词句压住千秋铺开的宣纸

面对一座城，所能言及的，其实
远远不及

2018 年

长江口

白鹭在长江口慢下来，慢悠悠飞

围着绿地、良田盘旋着飞

像驮了透明的玻璃瓶，小心翼翼地

低低飞

海浪拍岸，声音就要溅到白鹭翅膀上

白鹭怕飞急了

一头误撞进海鸥的身体里

长江水也慢下来，几乎看不出那混浊的流逝

几近抵达海洋的万物

必是释然了内心的逼仄

一辆中巴将一群外地诗人撒在长江口

叽叽喳喳

指指点点

兴奋的样子，像是要替缓慢说出

那幸福的湍急

2018 年

衡水湖随想

接受蒲草、芦苇、荷花随意剪裁的衡水湖
也接受晨光暮霭中
黑鹳、金雕与丹顶鹤的耳语，或长鸣

在冀州
在云阵于俯仰中纷繁且迅疾移动的衡水湖
日月照拂，各苍其茫
人世工地
内心在孤单认领，并寻求
被认领
我们都怀揣一块断铁
为凭证
以光阴一再镌刻在湖面的水纹为密径
自带湿地与滩涂，不足为人道的
倏忽寂寥
眼底稍纵即逝的一闪波光

2018 年

165

潭柘寺的潭

道旁每一棵古树，都符合

一缕腾云后

转身浮现的仙侣——你路遇的每一段奇缘

漫山石头，都是渴死的

即便在低洼处，也只是码出

水流的形状

——舞者足踝上，空留细铃铛的系痕

溪流淙淙如佩环

被乌鸦凋敝的哑嗓子调包

一条石龙，没挣脱后山几里山路

盘在一方枯潭里

苦等

从乾隆爷御笔赋诗里流逝的

泉水

——走着走着就走散了的旧欢

2017 年

白莲河 * 挽起裤脚

雾涸得慢慢吞吞。阳光未及点染白莲河
赤脚的河岸
天光与山影可豢养
清音与涟漪可豢养

一条游艇速写一行细白的留言
又被迅疾擦去
不留痕迹
一杯茗茶恢复在身后的淡泊
让这个下午分摊在诗人内心的意绪
撞来撞去，亟待一个出口
我们总在有准备有预谋地面对山水之美时
力不从心

白莲河不断起身离开
浠水有 108 万条支流

167

我们是多出来的，短暂分享了白莲河

甜美的荡漾

2019 年

注：白莲河，属长江流域，河流中段建有白莲河水库，系鄂东第一人工水库，

也是浠水县 108 万人口饮用水水源地。

楚 坑

多少年，楚坑闭口不言
尘世空旷
没有比楚坑咽下的话，更具
密集的骨感

故城西南，天光沿刀刃熄灭
磷火对照路人

那时楚歌尚未四起
霸王力气大得，貌似能拔起一座大山

2019 年

千秋古街

当光阴以舒缓而残损的口吻

叙述

一条古街的寂寥时

日光正好

照过来

一簇簇影子沿老街道被拉伸

如木柴

顶着文火

形似

我们暂时被撤开——

于千秋的斑驳

2019 年

那年长川

可以停下脚步
与一棵树
互相打量
无论昼夜，无论荣枯、喧嚣
或独行

可以抖动马背上清晨阳光的丝缰
随长河、流云松绑内心的疆域
让一川草木安抚的尘埃与经年人事
在叮当杯沿
找到绵延的感怀

那年长川。我们的
笑语比肩
醉意没有栅栏
我们在那年长川，约好欠下明月的
兑现

2019 年

171

骑上墙头的羊

不循规。不安分。不合群……
倦于集体游戏的逼仄，抑或
夸大了小我的洁癖
—— 一只羊，居然将森严的秩序当马骑
它咩咩转述的远方——
那辽阔自由的草原。在群羊眼里
击起的
多半是圈养在重重雾底——死水般的
费解与不屑
一只羊一旦跌回羊群，就约等于
不存在

2019 年

172

嘎拉德斯汰小镇

"嘎拉德斯汰"是蒙古语，汉语意思是"火热的泉"（一说"热水"）。小镇位于内蒙古赤峰市克什克腾旗，是一处非常难得的可游玩、可温泉疗养之地。

克什克腾大草原最滚烫的一滴母语
在这里。不改温暖的语境
也叙述古老的阵痛与苍凉

蒙古包多已迁徙进蔚蓝
擦拭山峦、草茎与霓虹点亮的
这小镇的拱檐

另一滴
在达里诺尔，以海一样辽阔的湖光
在丹顶鹤的翅膀下幽暗
执拗如今夜
漫步小镇的一个异乡人——

被人世不断冷却的

一滴热水

2020 年

迁 徙

鲁王城是蒙古弘吉剌部兴筑的城郭，城址在今克什克腾旗达日罕乌拉苏木。现为国家级重点文物保护单位。

搜遍秋草有遗址，不见元代

鲁王城

一路走过去走回来

有心念沉蟒，有亚光的锦囊

长风按不住草芥纤细的脖颈

有弯刀对付不了的蛮绿

与枯黄

我的眼底，不是火山喷发的第一现场

身体里却捂着残垣断壁

巅峰上的同行，暂时停下

狼人杀

火山石做了大草原的落款印章

散落，去掉了烟火气

疑似私藏了一段人书俱老的墨缘

2020 年

175

遗　址

门楣不关青草

枯荣穿堂而过

光阴从来不曾罢手，持续

抹去石碑上的文字

探幽故垒遗痕

循迹残砖碎石里的远星

电闪

马头琴的声韵，与河流对台

鹰翅搬运天光

心念

2020 年

夜宿乌兰布统

拉上窗帘，可以无视这湿漉小镇

兀自在零散水洼里，拣选

落寂灯光

却无从收拾雨声

激活

掖在心底的过往与疏离

这雨声搭出的朋友圈

对应的，是一个一心吻火的人

2020 年

车过金山岭

金山岭长城位于河北省承德市滦平县境内，始建于明洪武年间，隆庆和万历年间，戚继光任总兵官镇守蓟镇时进行了大规模修筑，是万里长城构筑最复杂、楼台最密集的一段，素有"万里长城，金山独秀"之美誉。

一夜大雨洗过的天空，瓦蓝
寥寥几朵白云，似闲笔

燕山绵延的余兴尚在
长城慵懒
打眼就能看出，对战事早已甩手
大将军征伐不了人世的悠长
余年不依不饶
从未停止过，肃杀的侵犯

2020 年

小孤峰

广西黄姚的山，少侍连绵，不算高耸，却玩得峭拔，小而有姿态。

都是被旋转押送

却多出一分，拔地孤守的傲气

北方草木卸甲。重彩油漆

哗哗剥落

——那么多碎金，已被寒风

败光

小孤峰稳坐潇贺古道

葭月绒衣，披九成新的狠绿

好像黄姚宽宥

好像季候放任——

一群不易被人世说服的野小子

2020 年

青石板

月光在老街，要倾诉多少年
才能融进
这青石，沉郁内心——凝脂的语境

下不下雨
石板路都有叫人心悬的暗示

青石照见的，没照见的
都一滑而过

在黄姚
转八条街，都不足以在豆豉味里
回过神儿
不足以追赶上，一块块青石的熟谙

一座古镇，需要经历多少
对光阴的妥协
才配得上，这一径暗河，分岔交错

渐渐包浆

渐渐，凝神的谣曲

2020 年

老梨树

老梨树上拴过清瘦的炊烟，与牛哞

拴过滨海涛声

——遥如饥贫时节的低沉之音

老梨树上有星空淘洗出来的旧光景

老梨树承接过候鸟数落的霜露

有一遍遍清亮的乳名

检验过的慈善

老梨树老得

叫人油然想出手搀扶

遒劲，皲裂，一身老茧

老梨树们从不放弃，手牵手攒出

嫩甜多汁的新日月

同样，它们是扎根这块土地的一群

特殊的劳动者

我们赶到时，老梨树上挤满了果实

老梨树下挤满了笑脸

2020 年

酒

这世上最小的家乡，被分装。甚至
一滴水里的驿站，或归巢
这人间最迷人的情书，桃花的闪电，被陶醉一一分拣

白的雪和瓷，梅红的丝带，呵护一首诗
一阕梦
鸿鹄在血脉里的丈量，一个人的乌托邦……

谷物里提取的精灵
舌尖上的芭蕾

吻火的人
五十三座茅台镇，也不足以疏散他，内心的缱绻

2020 年

在哀牢山，回想郏县三苏园

风吹过此在，也吹过郏县。
风在哀牢山叫长风。在三苏园寂寥深林，
幽然平添一种，
回形针般的悱恻。混同曲折找到自身。
转述了，宿命的无端。

远足人平生赴山水宴，奏跌宕腹语。
于流水之声剔出来的神迹处，停棺不前——
渐次，三个名字，以青烟，以土丘上的侧柏为垫。

墓石有难以焐热的沁凉，人世有更迭不尽的浩荡。
四下多哀牢，不去想
万物诺诺，常使回形的针痛，被生吞。

2021 年

185

临沣寨

石头垒起来的寨子，有股子硬气。墙缝里勾勒了
一个久远族群的绵细心脉。

光阴说服的部分，也包含
硝烟散尽后，被寂静回填的泯然。

寨墙上走走，显然遇不见古人，或后人。
但不影响遇见低处
闲花，栅栏，土屋，小路自然构成的
一个，又一个类似村口的场景——
暗合各自骨子里的乡愁。

天光反复淘洗的黑瓦，将福荫梳理成垄。
竹影向木雕窗低低递过去的，
是跟进的深院空落。
清风拂过，盐粒在叶片、册页、眼眸里，

闪烁微光。

草木回到灰烬，依旧是接龙的观摩与唏嘘。

2021 年

云岩帖

在岩石上纹流云的活儿，
一直在传递。始终有一双手在背后
纵横笔势，
也推动你我。

有人天空牧云，
有人尘世刻石
——各自兑现怀揣的愿景。

云岩：一个虚实、软硬相济的名字。
灵动与坚守，轻盈与
凝重，天然融合，成就一种大气的书写。

2021 年

登瞰筑亭

径向群峰搜重彩，
止问秋山索虎皮。
一路天光通透。虫鸣，窸窸窣窣，
搬动草木解甲的场子。
压弯山脊的绿，竟丝毫
没有松手的意思。
花萼都托着长风掰掉花果的痕迹，
也过滤幽谷的喧嚣。

苍鹰映射在眼眸的墨点，投石般迅疾放大。
鹰翅驮起的声音，叫作雷霆。
这盛大的表述，援引群山为镇纸。

猕猴的眼神，闪烁黔灵山的传说。
瞰筑亭临风摊开——贵阳城的雄阔与深远。

2021 年

途经弘福寺塔林

筛了一地的树荫，悄然拼读天光。
黔灵山丝毫未损，让每个游人
都取走一些。

倘若在秋日的暮晚赶到，这无疑是一件
称心的事情。
显然，落霞是塔林再合身不过的衣裳。
如负虎皮，如试袈裟。

石碑抱残守缺，
模糊记起，一些人的生前。

2021 年

空　白

我不说窗外下雨了，不说小城渲染在
细声细气的潮湿里
在低处，在这安静的夜，雨丝小声说出的忧郁
让我把自己藏得更深。我不说
我一空再空
只想你
在远离小城的地方，独自穿过人群，或者
肩头冰凉，倚窗远望的样子
我知道
我说出的皎洁月色，远不及你的内心
我的表达
不过是一座梦中的花园
这细雨垂下的软梯，也仅是一种
暗弱的虚拟
不可以用雨丝系你的幸福
把你的笑声
荡向瓦蓝天空，几近白云的身边

2008 年

191

我不能陪一条河流走得太远

秋日暮晚。不想
大雁南飞，追随一个远嫁的幺妹。
不想入夜星河，在穷处，拐一个弯，
消失于天际。
毕生看重的，越来越接近轻烟。

草木担霜露，也挑青山和明月。
譬如此刻，
我不能陪悠悠恩阳河，走到
天公长出三百里
花白胡须。

2021 年

分界洲

你爱的人，一点一点散了。
一朵花在雨里红着，艳着，就漂白了。
寂静从一个沸腾的身体里，一点一点剔除体温。

你爱的人一点一点散了，
就那么一点一点，散在一个身体的里面——
散在一朵花风中侧身的不经意间。
桃花盏，泼了舌尖雪。

你爱的人一点一点散了。
你赶了那么远的夜路，那盏灯还是在你
尚未抵达时，
一点一点散了最初的光芒，与默契。

你爱的人一点一点，散了。
你独自面对，镜子里，一点一点凝聚起来的衰老，

眼睁睁就要"哗啦"一声——砸伤你

一退再退的脚尖。

2021 年

风铃酒馆

徐风古门楣，三五只铃铛失声喊出的
清韵
是虚无抵达梦境的一次次悸动

草蒲团坐垫，散落在席地的光阴里
等，抑或是一种奢侈的消费
叫人存有指望

多年来习惯了独居，并接受
远离
我的湖光，我的山色，我转动在锁孔里的
小小温暖
出入酒馆，鲜有偷盗玻璃杯盏之心

夜深曲尽。买得酒壶当花瓶
案头尝有独乐寺

2022 年

195

落日落在机翼下

一块金属心有虚空，在浩渺里
疲于奔波
一块空心金属经历的颠簸
暗合其
一身护甲临摹的锋芒与高蹈，暗合
危险气流增删的伏笔

一块空心金属，提着灯笼赶路
一颗忐忑心
拼力提示最后一小截白昼
我清楚，那只单臂提不动
几个省的黄昏——
一个灯笼熄火后，云天阒寂
低处陷入烂殇

我们是宿命松开的手指。每个小土堆

都是一次急刹

我们身上,风的跑道,了无痕迹

2020 年

十 渡

一渡，石门不言，拒马河是佛的一个低眉

二渡，人世湿滑，你我无非上水石

三渡，峡谷摊开一帧压箱底的江南，藏古今

四渡，沙筑悲欣，一滴露水里的草木。降福，降寿，降福荫

五渡，祥云起天末，河流不再口渴

六渡，每一粒细沙，都孵化稚嫩的笑声

七渡，天不启千层岩书。一线舍得

八渡，腹有山水，闲看黑白

九渡，蟾蜍趴在竹筏上，我们都有湿漉漉的悲悯

十渡，闹市奉诗，深山普度抄经之心

2016 年

窗　花

转世途中，走错了路的花瓣。鞶着不凋谢

所有的美

都是一口一口喂刀刃，喂出来的

身后往事

多被疼痛镂空。遇见你时

在别家窗棂

你正就着一纸浮云，过着楷体的烟火日子

寂如一檄求医的皇榜

若我只是过客

一定还会有雾雨霜雪，月黑风高地，将你揭走

2010 年

199

夜饮小记

犹如垂佑—— 一根灯线下，结三个傻瓜
三个亚光的人
挤在春夜的包厢里，慢慢便动了赴醉之情

蛙鸣未起，笑语鼎沸。高脚玻璃杯里
红色狼毒花开了几度
又谢了几回
——那些空酒瓶腾出的恣肆处，诸如暗地
诸如昏天，诸如枕海的感觉……
渐次滋生

有人盗梦为马
暂时辞退了尘世

有人站在高寒处，临风垂泪
有人躲闪不及
做了虎口震裂，枪挑十一辆铁滑车的高宠——
一条道走到黑

那间乌托邦的小房子，其实，一直空无一人

夜色街头

三个抱醉而散的人

其实一直左右敌不过，那些杀无赦的整肃与清醒

2012 年

羽叶与绒花

（一）

轻雨数落万物

天空在松绑

闪电。试图给吉祥心灵，穿上光亮的羽裳

（二）

树荫悄然挪动，不被带走

别克黑色车身上，散落合欢树细碎的羽叶与绒花

像旧时光

把落寞和隐痛，遗落在琴台上

（三）

慢慢褪去旧日烟火。恕不具名的

欢爱

世界在我眼里，亦如在弃婴的眼里，被雨丝涂改

（四）

空气里弥漫青草汁液的清香
尚且不识
野火是荒原的遗腹子

（五）

我不说夜色的不洁，但明月那么点大的地方
确实已经被诗篇和杯盏挤满

2010 年

悬

落笔前，忽然犹疑。是不是该写下：

我这一生

一滴墨水，就快要抓不住

餍足的羊毫

绝壁悬崖上，一个眼看着就快要抓不住的人

那种泫然的样子

该怎样描述

烟云掩饰谷底的皑皑骸骨，低处是

今生来世的淡墨家村

宣纸上的忧伤，在一滴水墨汹涌的内心

提前晕染

一张宣纸，几乎失声惊叫

几乎就要飞起身来

去接一个

眼看着就快要重重坠落的人

2009 年

在海边

爱这浩荡莽玉，一倾再倾
恢宏而急切的表述。爱这碎雪如追，
铺展开的——内心盛宴。

我们用沙漏或块垒，喂养
跌宕与喧嚣。
让奔命赶来的巨浪，沦落成
仅为取走滩涂上，
我们以指代笔，留下的痕迹，若缺。

2021 年

辑五　借助旧雪的外形

JIEZHUJIUXUEDEWAIXING

中国节气（组诗）

立　春

褪下残冬。垂柳倾向永安河——
重新比量身段。
洗澡的鱼，蹦上薄冰。点点裸白，
试穿阳光。一边听
四野东风，传递蛰虫掀动腐叶、土粒的窸窣……
小夜曲的低诉。
时光分拣了一切。内部的角逐，
自有明示。

雨　水

我不说出桃花，早有闪烁的言辞
加以细述。
蕾瓣护送那些
拎蜜桶的小飞机。嗡嗡的声音
被雨水剪辑。
一只鹰，凭身体沤制的碳素，

抒写高远桀骜的魂灵。毫无褪色。

此刻，日子鲜亮。剩雪参与了纷争。

油菜薹、冬麦再三提高要求。

枯草土丘，像一堆湿漉的

抹布。人世浮华，流水宴席。比试耐力。

惊 蛰

草木萌动，不被察觉。还有别的——

包括衰老，暗疾。不仅在过往的风雪夜，

小动物的不明下落……

喊雷嗑破冬眠。

蛰虫四散。

雨群哄砸了剩雪的场子。大地变得温吞暧昧。

春 分

还要历经多少

春天以奢华的手段，一再加深我们

衰老的程度

那些花木，同样经不起

比较。——那些曾经来过的

寄存在眼底的光景……

还来不及一一分清辨明——请原谅——

我一直私自过着，忙碌却简单的生活

清　明

你在山上，难得和自己

和一束素花搀扶的亲人，守在一起。纸灰慢慢

发白，变轻。随了一阵风离开

止不住晚年。止不住空幻。爆竹声碎，此起彼伏。

区别仅限于

在相同的轰然崩塌下，他们想起——

不同的身影。不见了，

就那么一晃。快得让人对尘世滋生

短暂的泄气。

向下的斜坡，人影细小，混同于轻烟

混同于荒草的飘摇……

秋煞啊！——也不论

你坐拥斩获，红毯开道。自恃旷世不遇的才情。

谷　雨

风，摆布软兵器的微光，踏草疾行。

盗马贼轻拾乱蹄。

一路贩卖土膏脉动的机密。

大江南北，谁在民间，公然聚众私造

绿翎箭。袖底藏乾坤，

水泊里练方阵。天下谷仓，早怀有吞并的居心。

立 夏

确定的天气，在天空不确定的某一处。那地方

我们愈来愈不敢对视。

就像滞留在心灵的一隅——幽闭的废园，

需要我们动用气力，绕开那些没有消肿的枝节。

用目光揭伤疤，把旧病搬回身体……

影子孤单，越描越黑。

坚持与热毒保持距离。像逃避一段旧情的复燃。

小 满

那时太阳的光芒，照耀纸上的麦地。

我不知道，你年迈的父母，会使用怎样的名字

唤你！

那么多年，那么远……我想，苦菜飘香，

他们怎么开口，都是一条最抄近的田埂——

接你回家。

回到亲人的身边。没有大海，却再不用孤身异乡……

看吧！——大地上将持续

永恒的回访：在中国，在安庆高河的查湾村

停止灌浆的麦子，枕着西藏的神石，

安然睡去——一个天才，选择放弃

对这草木浮世至为复杂的话语权。

一定有什么，存在着，只是我们还远远没有抵达！

芒　种

四周告急。需要锉，缓解阻力。

追撵自己，不放弃新的锋芒。

身腰继续弯下去。像一把镰刀，继续

走失新锐——

耗尽韧性，延长和一块废铁的距离。

麦子聚拢，谷黍散开。

不容耽搁——只是转瞬，梅雨密实，

与火葬场上空的轻烟，融为一体……

夏　至

慢慢在皮肤上添加热毒。

草与庄稼掰手腕。锄头像只黑哨，急于裁判——

潸然倒伏的，身心逐渐枯黄。

人世偏离。

而在别处，一些草被水壶搀扶，要死要活。

远比庄稼娇贵。

小　暑

蟋蟀在后园数落那些寂静的月色。

谁的乳名在晚风中飘荡，被四处推诿。无人认领。

许多，就果真弥散了。

再听到时，会发愣，别样滋味……

瓦片下，埋着幼年的爱情。

磨牙的声音，让内心的痒，得以妥帖安置。

大　暑

偷逃午睡，不踩疼幼蝉。光脚丫，一贴又一贴灼烫，

烙在内心。近乎胎记。

众目睽睽，那孩子参加裸泳，与一个一本正经的男人，

毫无干系。

被梦收押的，先尘世一步，闷死在躯壳。

矮檐下，灯笼换成落日。

抓一把灰抹在身上，回家——淹没在积年的烟尘

只可目送，无从伴行。

立　秋

树叶落满前襟。它们的身上，已然搜不出油绿的火焰。
不能引燃花朵。
一定会有许多果实，擦肩而过，没能接住——
天就凉了。

平湖辽阔，云淡天高。有人降伏内心的魔障。
有人松懈。竭力的呐喊，淹没于喧嚣，几近无声。
于是，他空，
他放下——在秋天借故迷恋上了禅……
像几个菩萨，返回人间，经营一本内刊。

处　暑

冷静下来，热燥失去理由。所有往日，
尽数抵押出去。——
"去也，至此为止。"显老了一些。此外，
动用过他身体的那部分，已了无痕迹。想一想，
那么像不真实。

白　露

草木披上露水——白在世上露面。

此去岁月，一夜凉似一夜。热衷过的事物，迅速冷却。

收获与播种已难以区分。

你忙于据为己有，然后两手空空。

婴孩啼哭，老人安静。需要乳房或土堆。

一粒尘埃挨着另一粒。他们恋爱的样子，

像草尖挑着灯盏。

一阵风，就猫在附近……

秋　分

只是，秋后的田野，空旷。早已无物可分。

谁曾感怀收割后的荒凉。

落叶溃败。大片枯草，被野火撵上绝路。

昼夜变得安分守己。生和死持续纠缠，互相侵占。

一列火车呼啸而过，四周恢复寂静——

天地偌大。止不住一切，不断丢失。

寒　露

不仅仅枯黄的石头。那些绊脚草

被露水按住。月光是额外的，

风是额外的。点滴微寒，

驮在内心。

时光强加在我们身上的，已懒于言传。

虫鸣稀落，它们的气力

毕竟有限。

霜　降

不管是铺陈在双鬓，还是大地，凝结的

一定是生命中暗暗较劲的部分。

雁阵展开，脚攥霜露，渐渐飞得高远。

我们忙于挪地方，换频道，改章程……

直至被死亡像一枚邮戳，拍到土堆下，归于消停。

降到黑暗的核心。听上界——脚步凌乱，

分明浮浅。

立　冬

见惯了世态锋利。冰切入十一月，寻常事一件。

寒风检索，

一阵紧似一阵。灵肉、尘世同为角落。

忘关的窗户，捂不住玻璃的尖叫。

该冷硬的，冷硬起来，

不会留下空隙。

一寸心，究竟能抵消多少旧债。皱纹深如刀痕。

他表情木讷——

岩石般拒守，准备江河一样

溃决！

小　雪

一些轻而又轻的事物，不会妨碍

我们对已逝的怀念。

一层层剥开，最后的骨架，稚嫩，是细蕾的枝茎。

一个三十六岁的男人，用灰色风衣敷衍了

岁月对他的否认。落定之后，

许多东西，其实不会陪你多久。不单旧梦，不单那些甜蜜的遭

遇……

大　雪

窗外，大雪搅乱天空，不发出一点声音——它们同样

不是曾经的那些。只不过

借助了旧雪的外形，提示

诸如生活中已然逝去的——那些美好的部分。

有那么一隙，我几乎已经发觉

漫天飞舞的雪，其实是静止的——

是房子和我在动，朝着一个隐秘的方向……

冬　至

三两扎纸钱，帮几簇火苗在泪珠里

翻身。泼墨夜色，

浅于不醒人的眼窝。一个人的浮生，闪现……

趋于灰烬

活过的，决然撤销对俗世的干预。

低烧——梦呓——说动亡者。此外，我们独自下山。

漂在人间。

小　寒

悬一口寒气，小心侍候那些无影刀。

冰在与寒风的陪练中，不断

健壮骨头。

需要一定的过程，学会

低调处理对生活的温度。很多时候

在表层下，我们牵着根，缠着藤，耽误了太多

飞的感觉！

大　寒

当我写下"让这首诗空无一句"时，即已注定

陷入自设的陷阱。

与白雪空茫无关。大寒天下，余地如此有限。

不忍伤及其他。

2005 年

温习十大名曲（组诗）

高山流水

那人离去，被一把柴刀上的锈
埋没
剩下者，摔琴断弦，让尘埃落满十指——
从此，世界只是聋子的耳朵
四周寂静。时光流转
想那瑰丽音乐，花香般散失殆尽
远不是先秦
什么样的高山流水，还在往返擦拭
一把古琴。纷纷扰扰
不足以回去，不足以交换彼时内心的宅址
琴师走穴，樵夫忙于砍柴换米

广陵散

戈矛沉曲
十年后，长袖在花丛蝶舞的旋律中，自如地
按住杀机

琴声乱处，适宜冲冠一怒，韩王近在咫尺

多少人毕生铸剑

终究没有赶上君王的野心——时逢战国

慈父死于他杀

有人怀揣一腔炉火，改行做了笑面抚琴的刺客

牵挂当年，赴九泉，先自毁容颜

平沙落雁

写下平沙落雁，内心松弛下来

一颗贵重的石头

长出秋雁的空灵翅膀。一望云际缥缈

三次提起，是为了三次放下

这草木人间的轻。风也静下来，平放沙砾

鸿鹄称出逸士的心胸

借十指琴韵，清点大千世界的

有无聚散

十面埋伏

江山还在。龙椅空置

请原谅管理员于无意中赦免那些微尘——

偷做一回皇帝

垓下的战场，早被时光清扫干净

一个不留

兵器腐烂，乐器新鲜

谁是真正幕后——你暂时在场，你永远缺席

渔樵问答

伐斧丁丁，橹声欸乃

这青山方圆，绿水之上，空气都还干净

唠唠嗑吧，一问一答就是

几百年。——一本《杏庄太音续谱》，最早记载下

什么样的速度，足以逃脱牙疼

夕阳箫鼓

春江幽静，在月光下

浅浅地，漾动花香与音乐的丝绸

钢琴换成木管，直至改编为交响音画

似乎谁都没有留意——

到底是哪一声暮鼓，最终送走夕阳

浔阳夜，又是哪一支玉箫，抢先迎娶明月

万物被——安抚

归于寂籁。只剩下：春江幽静，在月光下

浅浅地，漾动花香与音乐的丝绸……

汉宫秋月

加上二胡，加上琵琶，以及筝
再加上江南丝竹
包括，加上诸如对崩溃的追认
就这样
不停加班
分担那些美人眼里积压的夜色
还要加上多少双耳朵多么漫长的流年
一支古曲，喂养了多少代乐师
貌似呜咽
只是当时，秋月渐渐西沉，汉宫一片寂静

梅花三弄

梅，我以三种语气唤你出来
漫天雪花，已将人世兑换成眼底的热泪
你看：皖南一带，才子佳人越来越多
可他们忙啊！谁肯慢下来
慢下来，陪你到晶莹剔透的野外走走。或者
念几句小诗给你听……
多好的冬天，转眼就过去了

阳春白雪

风
护送第一滴水的清响
穿过竹林
唤醒大地上草根的睡眠。阳光开始为一切松绑
山坡上，最后的积雪很快被羊群混淆
三两只风筝爬到高处，试着舒展
折叠了一个冬天的筋骨
作为背景。是怎样的一种温暖
淡如这琳琅的乐曲
让内心的块垒，随之消融一尽

胡笳十八拍

出塞。风吹草低。匈奴人的弯刀，无法剔除你
骨头里的乡愁

河流呜咽，烽火连天
整整十二个春秋，身陷胡地，和自己分居

绝不会知道

有人怀揣绿卡，优雅地，用刀叉干掉了母语

2005 年